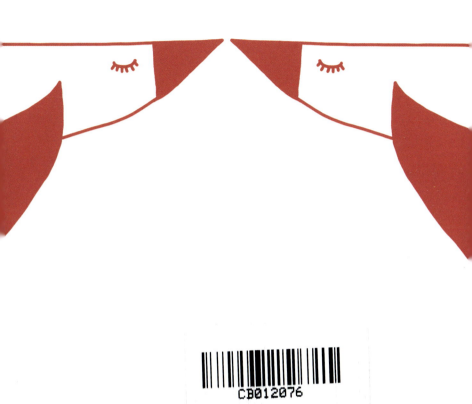

Texto e ilustrações © 2024 por Paula Taitelbaum
Edição original © 2024 por Editora Piu
Todos os direitos reservados.

Revisão: Heloísa Stefan
Projeto gráfico: Editora Piu
Coordenação editorial: Fernanda M. Scherer

Este livro segue o Novo Acordo Ortográfico da Língua Portuguesa.

56 páginas - 13,5 x 20,5cm | Impresso no Brasil, 1ª edição - 2024

Dados Internacionais de Catalogação na Publicação (CIP)
(Câmara Brasileira do Livro, SP, Brasil)
_____
Taitelbaum, Paula
Poeamo-me: poemas de amor e desamor próprio / Paula Taitelbaum
-- 1. ed. -- Porto Alegre, RS : Editora Piu, 2024.

ISBN 978-65-89241-25-6

1. Amor próprio 2. Autoestima 3. Poesia brasileira
I. Título

22-125763   CDD-B869.1
_____

Índice para catálogo sistemático:
1. Poesia: Literatura brasileira   B869.1
Aline Graziele Benitez - Bibliotecária - CRB-1/3129 CRB-1/3129

Editora Piu | Rua Dr. Vale, 60/506
CEP 90560-010 – Porto Alegre/RS
editorapiu@editorapiu.com.br
www.editorapiu.com.br | @editorapiu

Financiamento:

Poemas e ilustrações
Paula Taitelbaum

POEAMO-ME

Quero tanto mais que tenho
Quero não ser um desenho
Ser mais que um risco
Mais que um riso
Quero encher os braços
Te dar mil abraços
Quero tanto tanto ter
Ter mais para contar
Mais para te dar
Não ser tão exigente
Quero um dia virar gente
Quero poder aliviar as dores
Dormir entre dois amores
Quero mais e ainda mais ter
Quero um dia poder
Não ter tanto pra querer.

Hoje cedo

Ancorei os lampejos

Amordacei as lamúrias

Entorpeci os lamentos

Espantei as penúrias

Hoje cedo

Levantei melhor

Acordei mulher.

Não posso
Mas desejo
Não devo
Mas vejo
Não quero
Mas ponho
Não faço
Mas sonho.

Na minha noite de Cinderela
Confirmei a ladainha
Depois da meia-noite
Tudo virou abobrinha.

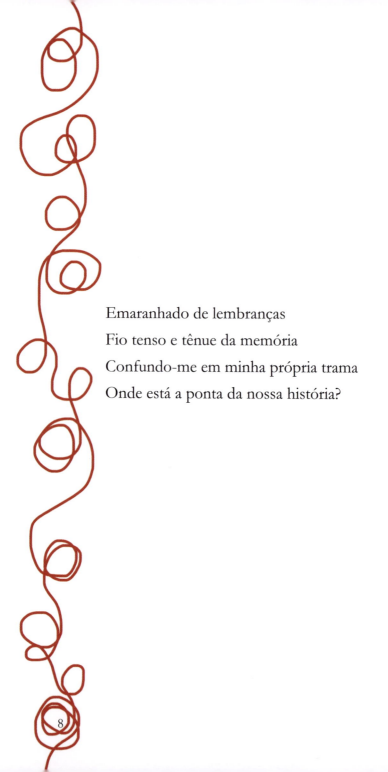

Emaranhado de lembranças
Fio tenso e tênue da memória
Confundo-me em minha própria trama
Onde está a ponta da nossa história?

Meu sono é fuga

Minha fuga é cega

E carrega

A carga

Amarga

Do tempo que se alarga.

Ele passou noites e noites ao meu lado
Me acordou em cada dia nublado
Me fez sofrer cada minuto de ausência
Cada hora de falência
Foi meu companheiro solitário
Mesmo guardado no armário
Foi um relógio de estimação
Que eu matei jogando no chão.

Levou um século
Perdi os cálculos
Comi as féculas
Flutuei em lácteas
Calculei um ciclo
Rompi as cláusulas
Ardi em pústulas
Estraçalhei as pétalas
Soltei as válvulas
Apaguei as máculas
E depois de um século
Acordei incrédula
Rodando em círculos.

Ele chegou sem avisar
E entrou sem bater
Ele sentou no lugar errado
Comeu sem ser convidado
Não disse muito obrigado
E saiu sem se despedir.

Carrego uma resposta na bolsa
E apesar de pensar alto
Tenho medo de que ela não me ouça.

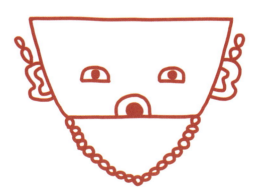

As diferenças são visíveis efeitos

Sonoros e silentes preconceitos

As diferenças são opressoras

Tímidas

Duradouras

As diferenças são olhos atentos

Passos trêmulos e gestos lentos

As diferenças são ritmos descompassados

Hipócritas pra todos os lados

As diferenças são estados de crença

E não deviam fazer diferença.

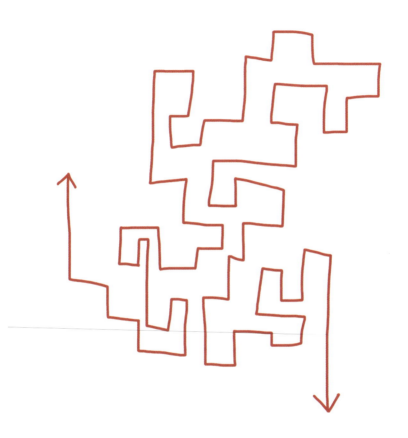

Nesse labirinto de sensações sem fim
 Acabei me perdendo de mim.

Não me venha falar de guerras e catástrofes

Não quero saber de bombas e cataclismos

Temo descobrir que sou cardíaca

Ou personagem de ficção científica.

Pensar que teremos apenas uma vista nessa vida
E que não saberemos como é habitar outra casa
Quem realmente mora naquelas câmaras escondidas?
Como tudo se acomoda nos cômodos não invadidos?
Onde ficam os cofres e as passagens secretas?
Sei apenas que há silêncio e poeira nas frestas.

Somos água, terra, ar e segredos
E temos em nossos mares, rochedos
Somos um vai e vem de espumas
Barcos sem rumo na bruma
Somos ondas de som e fúria
Brios, breus e lamúrias
Somos os que não têm rumo nem norte
Mas ainda acreditamos na sorte.

Não aceito as mortes
Os acidentes, as falências
As overdoses e as flatulências
Não aceito o descontrole
As injustiças e os desamores
Não aceito a falta de bom senso
A falta de penso, a falta de tempo
Não aceito o que não posso controlar
Não aceito
E nunca vou aceitar.

"Não tô a fim"

É minha frase de efeito

É o que levo pro leito

É meu maior defeito

É meu único jeito

De adiar o que deve ser feito.

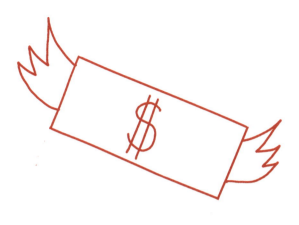

A vida é faz-de-conta a pagar.

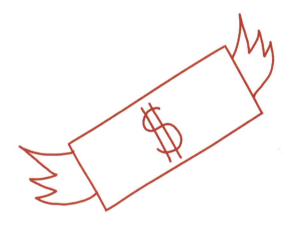

É tão cedo

Pra ficar com medo

É tão vago

Pra deixar pago

 É tão escuro

 Pra subir no muro

 É tão tarde

 Pra fazer alarde

 É tão diferente

 Estar contente.

Quero colo
Quero colorir
Quero rir
Quero ir.

Volta e meia

Dou meia volta

E volto ao início

Volta e meia

Meio que volto

Meio que fico

Volta e meia

Em meio a uma volta

Eu me complico

Volta e meia

No meio da rua

Dando uma volta

Volto a ser tua.

Pessoa balão
Um dia se encheu
E escapou da minha mão.

Tenho um buraco profundo
Que me deixa ver o mundo
Me sentir por um segundo
Tenho um buraco imenso
Queimando como um incenso
Onde não cabe bom senso
Tenho um buraco no peito
Que mostra cada defeito
Não dando nenhum direito
Tenho um buraco chamando
Uma ferida sangrando
Um segredo se formando
Tenho um buraco que não é meu
Uma parte de mim que se perdeu.

Sinal amarelo

Nessa paixão

Não sabe se avança

Não sabe se não.

Ultimamente

Eu mais acaricio tela

Do que gente.

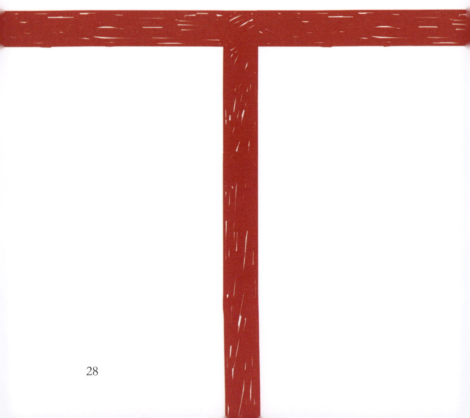

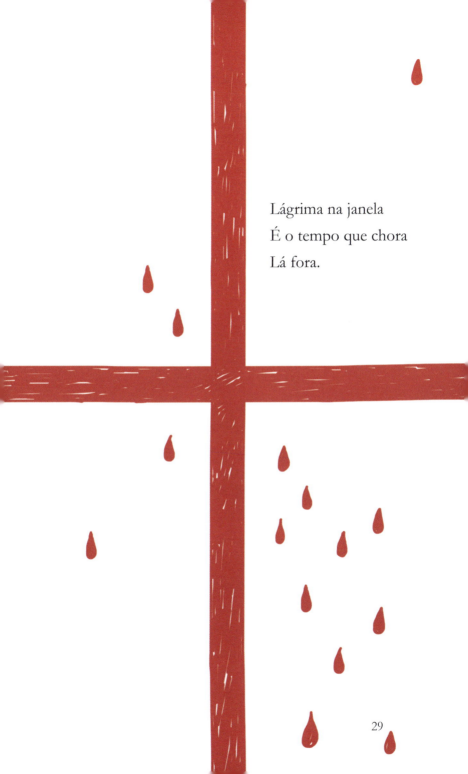

Lágrima na janela
É o tempo que chora
Lá fora.

Tenho lá meus pânicos

Meus desânimos

Meus desencontros

E descaminhos

Tenho

Não nego

Mas também

Não me apego.

Cai na casa caiada nas coxas coitada chucrute no chão
Cai na concha encaixada na caixa lixada faxina e caixão
Cai feito raio haikai palavra de pai bofe e bofetão
Cai tronco cortado triunfo frustrado das tripas traição
Cai supetão
Cai e se esvai
Cai que não resta calibre na alma que vai.

Por que essa falta de ar
Se há tanto vento entrando em mim?
Por que esse maldito medo
De ser tão cedo o meu fim?
Há tanto trabalho por nada
Tanto nada a não fazer
Tanto tanto faz tanto fez
Infeliz de quem é rês
Nesse matadouro burguês.

Corria pra não me alcançar
Corria sem nunca chegar
Corria fugindo de pensamentos
Corria sempre a favor do vento
Corria apenas por correr
Corria do tempo que me faria crescer.

Se eu acreditasse em

Sexto sentido

Te mandaria pro

Quinto dos infernos.

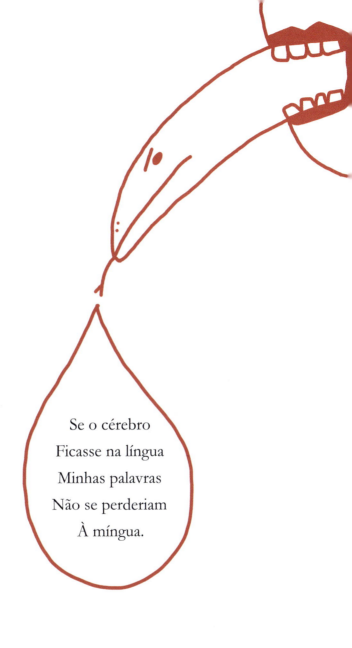

Se o cérebro
Ficasse na língua
Minhas palavras
Não se perderiam
À míngua.

Meu controle é remoto

Completamente solto

Onde oscilo tonta

Entre canais diferentes

Ora bicho

Ora gente

Sou reprise

Retrospectiva

Às vezes até notícia

Sou um caso de polícia.

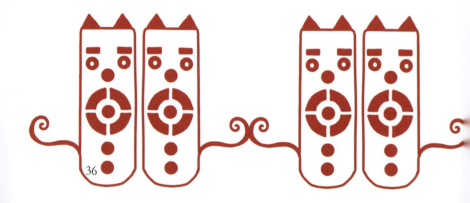

Todo dia durmo tarde

Toda tarde viro mato

Todo mato cresce e morre

Tudo que morre é história

Toda história um dia acaba

Tudo que acaba não dorme

Todo que dorme um dia acorda

Tudo que é corda se enrola

Todo que enrola se esfola.

A melhor sobremesa?

Doces olhares a se cruzarem sobre a mesa.

Todo soluço
Quer ser solução
Toda perda
Perdão.

Ando melancólica

Bucólica, bucomaxifacial

Ando artificial

Com artifícios e artimanhas

Ando feito uma aranha

Venenosa, raivosa, carnívora

Ando meio víbora

Ventríloca, louca

E mostrando os dentes

Ando esquentada, esquecida

Desvanecida e demente

Ando de repente com gana

Sarcástica, sedutora e sacana

Ando querendo

Provar que sou humana.

Era uma vez

Era sua vez

Era sua ve

Era   a ve.

Talvez eu não seja nada além
           de intocável fumaça no ar
Efêmera como a flor
           que murcha no altar
Talvez eu exista somente
           pelo tempo de uma oração
Alimentando-me de olhares
           famintos por atenção
Talvez, ao contrário, eu seja o perfume
           que fica no corpo que vai
O líquido preso no fundo
           do copo que cai
Talvez, ainda, o vermelho
           da paixão
Que desbota com o tempo
           e mancha a relação
Talvez eu me resuma ao ritmo, ao rito
           ou à própria oferenda
Da saia, somente a renda
Talvez, talvez, talvez
Talvez eu seja da dúvida, a própria insensatez.

Minha querida

Pra que repuxar tanto

Pra que todo esse botox?

Vão-se as rugas e o sorriso

Vem outro espelho

Ainda mais feroz.

Palavra encatarrada
Eu cuspo e não diz nada.

Estou triste
Por isso sinto mágoa
Viro água
Me deixo escorrer
Estou triste
Por isso nada mais existe
E fico na gaiola
À espera de alpiste.

Salvem as palavras extintas
Flertes, bordões, reclames
Slacks ou brim coringas
Salvem as meninas de família
Com seus broches, berloques
Anáguas e mobílias
Salvem o relógio cuco
A escarradeira, os carpins
O flit e o anão de jardim
Salvem as avós de antigamente
Seus penicos
E pingentes
Salvem a despensa
O rolo de massa e o de cabelo
O colecionador de maços e o de selos
Salvem tudo o que não existe mais
Porque ainda gosto de olhar para trás.

Com strass
Sem stress
Strosso
Seria melhor.

Vejo

Os bombardeios que atacam devaneios

As dívidas nossas de cada dia

Vejo

A coronhada em meio ao Corcovado

A fúria, a fartura e o infortúnio

Vejo

Os sorrisos incoerentes, a dor dos inocentes

Os acidentes e as sirenes impertinentes

Vejo

Os medos dos que são mudos

Os muitos que carregam o peso das mulas

Vejo

As coxias, as coxas e as coxilhas

As mentiras que fazem crescer as filas

Vejo

As multidões, as mutilações, as maldições

As milhares de ações e demissões

Vejo

A pirâmide virando do avesso

Os tantos passos seguidos de tropeços

Vejo

O que é incoerente, incompleto e incompetente

As vertigens e o Oriente incandescente

Vejo

Tudo com esses olhos de contar

Olhos que a terra há de comer e arrotar.

Por favor

Não vá embora

Por favor

Minha senhora

Por favor

Ele te adora

Por favor

Não chora

Por favor

Vê se decora

Por favor

A filha implora

Por favor

Mas que demora

Por favor

Chegou a hora

Por favor

Me deixe fora

Por favor
Pare
Agora.

É o fim
The end
Se é que me entende.

Poeamar, mais do que um verbo

Poeamar é um verbo inventado por Paula Taitelbaum para dar nome a este livro: o ato de demonstrar amor por meio da poesia. Amor por alguém, por algo ou por você mesmo(a). Porque aqui os versos falam de amor e da busca por ele, da paixão ardente e da paixão platônica, do amar-se e do desamar-se em frente ao espelho. *Poeamo-me* é uma seleção dos primeiros poemas publicados por Paula em seu livro de estreia, *Eu Versos Eu*, e que, nesta edição, ganharam ilustrações feitas especialmente pela autora. Rimas, ritmos, traços e tramas com a cor da paixão.

Uma autora apaixonada

Paula Taitelbaum é uma gaúcha apaixonada pela palavra. A escrita, a falada e a imaginada. Seus poemas são repletos de rimas, ritmo e fluidez, marcados pela liberdade formal, pela simplicidade e muitas vezes pelo humor. Sua estreia em livro aconteceu em 1998 com a publicação do independente *Eu Versos Eu*. Depois vieram *Sem Vergonha* (L&PM, 1999), *Mundo da Lua* (L&PM, 2022), *Ménage à Trois* (L&PM, 2004) e *Porno Pop Pocket* (L&PM, 2006). Em 2013, lançou seu primeiro livro infantil, *Palavra vai, palavra vem* (L&PM) e se descobriu também ilustradora. Entre suas obras infantojuvenis estão *Bichológico* (Piu, 2016), *Pra que serve um dedo?* (Piu, 2017), *Ora Bolas* (Piu, 2019), *Poupou* (Piu, 2019), *Maia e Valentim* (L&PM, 2021) e *Cadê Cadê* (Piu, 2023), todos com histórias poéticas. Em 2020, ilustrou a obra *Dicionário da Independência – 200 anos em 200 verbetes*, de Eduardo Bueno.